CW00519716

14 Février 1911

marqué P99N

SUCCESSION LE COURBE

OBJETS D'ART ET D'AMEUBLEMENT

PORCELAINES ET FAIENCES

ORFÈVRERIE, PENDULES

MEUBLES ET SIÈGES

TAPISSERIES

TABLEAUX

LIVRES

EXEMPLAIRE DE H. STETTINER

CATALOGUE

DES

Objets d'Art et d'Ameublement

ANCIENS ET MODERNES

PORCELAINES

CHINE, JAPON, ALLEMAGNE, PARIS ET AUTRES

Nombreuses et belles séries d'assiettes, plats et pièces diverses en ancienne porcelaine de la

COMPAGNIE DES INDES

FAIENCES ET VERRERIE

Ivoire, Étain, Objets de Vitrine, Bois sculpté, Glaces, Armes, etc.

BRONZES, CUIVRES, PENDULES

Argenterie Ancienne et Moderne

MEUBLES ET SIÈGES

MOBILIER DE SALON LOUIS XV, COUVERT EN TAPISSERIE

ANCIENNES TAPISSERIES

DE LA RENAISSANCE ET DU XVIIIe SIÈCLE

Étoffes — Costumes — Ornements d'Église — Objets variés

TABLEAUX ANCIENS ET MODERNES

DESSINS, GOUACHES, PASTELS, GRAVURES

LIVRES

Jurisprudence — Littérature — Romans

DONT LA VENTE AURA LIEU, PAR SUITE DU DÉCÈS DE M. LE COURBE

HOTEL DROUOT, SALLE N° 1

Les Mardi 14, Mercredi 15, Jeudi 16 et Vendredi 17 Février 1911

A DEUX HEURES

COMMISSAIRES-PRISEURS :

Me TROUILLET
63, rue Sainte-Anne
PARIS

Me ANDRÉ COUTURIER
Successeur de M. LÉON TUAL
56, rue de la Victoire

EXPERTS :

Pour les Meubles et Objets d'Art
M. G. GUILLAUME
13, rue d'Aumale

Pour les Tableaux :
M. J. FÉRAL
7, rue Saint-Georges

Pour les Livres :
M. A. DUREL
21, rue de l'Ancienne-Comédie

EXPOSITION PUBLIQUE

Le Lundi 13 Février 1911, de deux heures à six heures

D 5417

CONDITIONS DE LA VENTE

Elle sera faite *au comptant.*

Les adjudicataires paieront *dix pour cent* en sus des enchères.

L'exposition mettant le public à même de se rendre compte de l'état et de la nature des objets, aucune réclamation ne sera admise une fois l'adjudication prononcée.

ORDRE DES VACATIONS

Le Mardi 14 Février 1911

Dessins, Gouaches, Pastels, Gravures.	1 à 67
Verrerie, Ivoire, Étain, Objets de vitrine, etc. .	237 à 307

Le Mercredi 15 Février 1911

Porcelaines et Faïences	68 à 236

Le Jeudi 16 Février 1911

Argenterie et Métal argenté	308 à 346
Bois sculpté, Bois incrusté, Glaces, Cadres, Armes	414 à 451
Meubles (Partie)	452 à 530

Le Vendredi 17 Février 1911

Livres	601 à 630
Pendules, Cuivres, Bronzes.	347 à 413
Meubles (Surplus).	531 à 539
Sièges.	540 à 571
Tapisseries, Étoffes, Costumes, etc.	572 à 600

Paris. — Imprimerie de l'Art, CH. BERGER, 41, rue de la Victoire.

DÉSIGNATION

DESSINS, GOUACHES, PASTELS

GRAVURES

BOILLY (D'après)

1 — *L'Étude du dessin.*

Gravure par CAZENAVE.

DESCOURTIS

2 à 7 — *Histoire de Paul et Virginie.*

Six gravures par SCHALL.

FREY (EUGÈNE)

8 — *Le Pâturage.*

Dessin au lavis.

LAJOYE

9 — *Un Grain.*

Dessin au crayon noir.

LE PRINCE (D'après)

10 — *Le Corps de garde.*

Gravure.

TENIERS (École de)

11 — *Intérieur de cabaret.*

Pastel

TENIERS (D'après)

12-13 — *Fêtes flamandes.*

Deux gravures par LE BAS.

ÉCOLE FRANÇAISE (XVIIe siècle)

151

14 — *Portrait d'un Officier.*

Pastel.

15-16 — Deux gravures anglaises, par KIMBURY et EARLOM.

17 — Gravures anciennes et modernes, d'après CARESMES, CORRÈGE, COYPEL, DE TROY, GREUZE, LÉPICIÉ. NATOIRE, RAOUX, RUBENS, WOUVERMAN, etc., etc.

TABLEAUX

ANCIENS ET MODERNES

BALEN (VAN)

480 18 — *Baigneuses au bord d'un cours d'eau.*

BÉNARD (AUGUSTE)

19 — *Carrosse escorté de cavaliers.*
Signé à gauche.

BLANC (ALPHONSE)

20 — *Fleurs et fruits.*
105 Signé et daté : *1863.*

BONINGTON (Attribué à)

21 — *Vue de ville traversée par un canal.*
140

BOURGES

150 22 — *Pêcheuse raccommodant un filet.*

BRUNEL (ALFRED)

23 — *Roses et abricots.*

BRUNEL (LÉON)

24 — *Abricots et amandes.*

CABANEL (Attribués à)

530

25 à 28 — *Jeux d'Enfants.*

Quatre dessus de portes.

CAUCHOIS (Henri)

(DEUX PENDANTS)

29-30 — *Corbeilles de fleurs.*

COROT (Genre de)

31 — *Paysage avec barque au premier plan.*

COROT (Genre de)

32 — *Pêcheurs au bord d'un lac.*

DE TROY (François)

33 — *Portrait de Jeune Femme.*

600

Cadre en bois sculpté.

Guillaume

DEVERIA (Genre de)

34 — *Le Repos du Sultan.*

DOUGHERTY

35 — *La Bergère.*

Signé à gauche.

FRANCK (François)

310

36 — *L'Embarquement.*

GIRARDET (Louis)

37 — *Les Chouans.*
Signé à gauche.

GREUZE (D'après)

38 — *Jeune Fille en buste.*

KEPTHALL

39 — *Le Champ de blé.*
Signé et daté : *1852.*

LANCRET (D'après)

40 — Sujet tiré des *Contes de La Fontaine.*

LAUNAY (De)

41 — *L'Étang.*
Signé à droite.

LE PRINCE (Jean-Baptiste)

42 — *Le Petit Pêcheur.*

MIGNARD (Attribué à)

43 — *Portrait de Monsieur, frère du Roi.*

MIGNARD (École de)

44 — *Jeune Femme entourée d'une draperie jaune.*
Toile de forme ovale.

MIGNARD (École de)

45 — *Portrait de Femme en corsage rouge avec écharpe bleue.*

MOORMANS (F.)

100 46 — *Gentilhomme se versant à boire.*

PILLEMENT (Jean)

400 47 — *Bergers et animaux dans un site agreste.*

Mme Blanchon

POELEMBURG (Cornélis Van)

52 48 — *Pan et Syrinx.*

RIGAUD (D'après)

49 — *Portrait de Jeune Femme en corsage vert brodé d'or.*

310

RIGAUD (D'après)

50 — *Portrait d'Homme couvert d'un manteau rouge.*

RIGAUD (D'après)

51 — *Portrait d'une Religieuse.*

ROSIER (A.)

210 52 — *Le Quai des Esclavons à Venise*

ROSIER (Jules)

215 53 — *Bord de rivière.*

Signé et daté : 64.

ROSSI

60 54 — *Vue de Venise.*

RUBENS (École de)

400 55 — *Marie de Médicis rendant la justice.*

RUYSDAEL (Genre de)

110 56 — *Paysage avec charrette traversant un gué.*

STORK (Attribué à ABRAHAM)

365 57 — *Un Chantier de constructions navales.*

TENIERS (École de)

880 58 — *Fête flamande.*

THOREN (DE)

110 59 — *Vaches au pâturage.*

VALADON (JULES)

60 — *Fruits sur une table.*

Signé et daté : 73.

VALLIN (JACQUES-ANTOINE)

120 61 — *Baigneuses au bord d'un cours d'eau.*

VERNET (D'après JOSEPH)

62 — *Paysage avec figures ; effet de clair de lune.*

WATTEAU (École de)

810 Baron 63 — *Le Colin-Maillard.*

ÉCOLE FLAMANDE

64 — *Un Saint en prières.*

ÉCOLE FRANÇAISE (XVIIIe siècle)

65 — *Portrait d'Homme en cuirasse.*

ÉCOLE ITALIENNE (XVIIe siècle)

66 — *La Sainte Famille et saint Jean-Baptiste.*

67 — Sous ce numéro, qui sera divisé, seront vendus des tableaux, aquarelles et dessins non catalogués.

ANCIENNE PORCELAINE

DE LA COMPAGNIE DES INDES

68 — Trois assiettes, à décor, en bleu, de bouquets dans une réserve en carré; faisceaux de feuillages au pourtour.

69 — Vingt assiettes plates, à décor de fleurs et guirlandes en vieux rose dans des dorures.

70 — Six assiettes, marli à guirlandes de fleurs et feuillages nouées par des rubans; au centre, armoiries ornées d'animaux en rouge, sur fond bleu dans des dorures.

71 — Deux petites assiettes plates, de forme octogonale; décor de bouquet au centre avec guirlandes et roses au marli, entourées d'un filet vert.

72 — Quatre assiettes à guirlandes de fleurs sur les bords; le fond présente un pélican avec l'inscription : *Wilhelmina Boouhoff, Nicolas Johannes Boouhoff.*

73 — Quatre assiettes creuses à bords contournés, ornées de lambrequins à clochettes; fond à bouquets de fleurs.

74 — Sept assiettes, ornées de bouquets; bords à guirlandes de fleurs entre deux rangs de chaînettes dorées.

75 — Sept assiettes creuses, à bouquets de fleurs; marli à lambrequins et guirlandes.

76 — Deux assiettes plates, à lambrequins dorés sur les bords et, au fond, armoiries formées de deux aigles.

77 — Neuf assiettes plates et un compotier creux, à décor de fleurs au centre et double rang de palmettes dorées avec bouquets au marli.

78 — Sept assiettes à bords contournés; décor de roses et de tulipes dans un encadrement de filet doré mouvementé.

79 — Deux assiettes creuses, décorées d'émaux de couleur à paysages et pagodes, avec personnages au marli.

80 — Six assiettes et trois petits plats à quadrillages pointillés sur les bords et, au centre, six réserves de personnages chinois et de fleurs.

81 — Sept assiettes plates et trois creuses à bords contournées, à décor de roses, œillets et tulipes.

82 — Trois assiettes plates, deux compotiers et un drageoir, à décor de fleurs; bord à petits bouquets entre deux rangs de palmes dorées.

83 — Trois assiettes creuses ; marli à roses et torsades dorées; fond à réserves de personnages dans des entrelacs.

84 — Deux assiettes, décorées de roses et de chardons ; marli à rangs de palmettes.

85 — Cinq assiettes creuses, à bouquets au centre, armoirie et guirlandes de fleurettes au pourtour.

86 — Cinq assiettes plates, à fleurs et nœuds de rubans, encadrées d'un filet.

87 — Douzes assiettes creuses à huit pans ; décor de balustrades fleuries avec rangées de palmettes dorées.

88 — Cinq assiettes creuses, à décor de dorures et de fleurs; chutes et rinceaux sur les bords.

89 — Huit assiettes plates, à bouquets au centre et lambrequins multicolores au marli.

90-91 — Lot d'environ vingt assiettes variées en ancienne porcelaine de la Compagnie des Indes. (Sera divisé.)

92 — Deux grands plats ovales à bords contournés ; au centre, bouquets de fleurs ; au marli, décor Louis XV à palmes de feuillage et écussons bleus sur fond or et guirlandes vertes.

93 — Plat rond, orné au fond d'un bouquet de roses ; au marli, rinceaux dorés et guirlandes de fleurs nouées par des rubans.

94 — Autre à bords contournés, avec bouquet au fond et guirlandes au marli, entre deux rangs de chainettes dorées.

95 — Grand plat rectangulaire à pans ; rose au centre dans un semis de fleurs variées ; quadrillage et arabesques au marli.

96 — Grand plat ovale ; centre à médaillon rouge dans un semis de bouquets ; marli animé de personnages, volatiles et poissons.

97 — Plat rectangulaire à pans, orné au centre d'armoiries à aigles en noir et lion doré avec l'inscription : *Forward* ; pourtour de fleurs et petites palmes.

98 — Plat rectangulaire à pans, décoré au centre de balustrades avec fleurs et feuillages ; sur le pourtour, rinceaux de fleurettes entre palmettes et chaines dorées.

99 — Grand plat creux à seize compartiments, formés par de petits lambrequins dorés, avec bouquet au centre ; marli à quadrillages et chutes.

100 — Deux plats de différentes grandeurs, à fleurs multicolores ; bords à arabesques.

101 — Grand plat rond et deux plus petits, à bords contournés, décor de chainettes, guirlandes et roses.

150

102 — Deux plats creux; le centre présente une corbeille fleurie et le pourtour des ustensiles divers, instruments de musique et fleurs.

103 — Deux plats ronds; marli à guirlandes entre rangs de palmettes et de chaines, bouquet au centre.

104 — Grand plat, orné au marli de guirlandes de fleurs et au centre d'un écusson avec faisceaux de drapeaux.

105 — Deux petits compotiers creux, à décor au marli d'arabesques, fleurs et rangs de palmettes; bouquet au centre.

106 — Deux bols à fleurs, avec quadrillages pointillés et lambrequins sur les bords.

107 — Deux petits bols et soucoupes, à draperies, fleurettes et bordures rouges. Autre bol et sa soucoupe, à guirlandes et fleurs, bords pointillés.

108 — Coupe couverte, à décor de fleurs et de vases fleuris; monture en bronze doré et ciselé, anses à mascarons.

109 — Deux coupes à pieds, formées de bols; monture en bronze ciselé et doré.

110 — Flacon à thé, à fleurettes.

111 — Aiguière couverte, décorée de rocailles mouvementées et de bouquets de fleurs.

112 — Saucière, à arbustes et pagodes (l'anse manque).

113 — Théière, sucrier, trois tasses et leurs soucoupes, à décor de cornes d'abondance et de fleurs en camaïeu grenat dans des dorures.

114 — Grande soupière à pans, de forme mouvementée, ornée de fleurs et de personnages ; anses à têtes de lapins et bouton formé d'une grenade.

115 — Soupière ronde, à bouquets, guirlandes et chutes de fleurs ; couvercle orné d'un semis de fleurettes entre deux rangs de chaines dorées ; anses rouges et bouton formé d'un fruit.

116 — Grande soupière ronde, à bouquets et double rangs de palmettes dorées, avec écussons bleus sur fond or et guirlandes vertes ; couvercle muni d'un bouton à choufleur.

117 — Grande soupière à pans coupés avec plateau et couvercle, à décor de bouquets de fleurs, lambrequins et rinceaux ; anses à têtes de lapins et bouton rocaille.

118 — Soupière avec couvercle et plateau à réserves de personnages et de fleurs ; marli orné de quadrillages pointillés, anses et boutons rouges.

PORCELAINES ET FAIENCES

VARIÉES

119 — Deux assiettes en ancienne porcelaine de Chine polychrome, à décors variés.

120 — Deux assiettes à lambrequins et filet au marli, coq au centre. Ancienne porcelaine de Chine.

121 — Plat en ancienne porcelaine de Chine, à nénuphars et insectes.

122 — Plat à pans, décoré d'arabesques et de fleurs rouges. Ancienne porcelaine de Chine.

123 — Deux soucoupes en ancienne porcelaine de Chine, l'une polychrome, l'autre à décors bleu et or.

124 — Deux coupes en porcelaine de Chine.

125 — Deux raviers lobés, à anses, en ancienne porcelaine de Chine, ornés d'arbres fleuris et d'une bordure rouge à décors bleus.

126 — Deux petits bols godronnés et dentelés en ancienne porcelaine de Chine.

127 — Saladier à bords lobés, décoré au fond de balustrades, d'arbustes et d'un combat de coqs. Ancienne porcelaine de Chine.

128 — Trois petites théières en ancienne porcelaine de Chine.

129 — Petite théière en ancienne porcelaine de Chine.

130 — Potiche couverte en ancienne porcelaine de Chine, à fleurs, oiseaux et quadrillages.

131 — Deux grandes bouteilles en porcelaine de Chine, à fleurs et réserves de personnages.

132 — Grand plat en ancienne porcelaine du Japon, décoré en bleu, d'un paysage au fond, et sur les bords de compartiments à fleurs et arbustes.

133 — Deux bols en ancienne porcelaine du Japon.

134 — Saucière à anses en ancienne porcelaine du Japon, à fleurs et volatiles dans des rocailles.

135 — Théière et verseuse en ancienne porcelaine du Japon, à fleurs.

136 — Deux flacons, à monture cuivre, en ancienne porcelaine du Japon, décor bleu à rosaces.

137 — Vase-balustre, en porcelaine du Japon; monture en bronze ciselé et doré.

138 — Petite potiche couverte, montée en bronze, ancienne porcelaine du Japon, à décor bleu.

139 — Deux petites potiches couvertes et un vase-balustre en ancienne porcelaine du Japon, à décors bleus.

140 — Lampe, à monture bronze, formée d'une potiche lobée, en ancienne porcelaine du Japon.

141 — Grande potiche en porcelaine du Japon, à fleurs sur fond bleu et réserves de personnages, formant girandole à dix lumières; monture en bronze ciselé et doré, à rinceaux de feuillages et fruits.

142 à 144 — Lot d'environ vingt-sept assiettes variées en ancienne porcelaine du Japon. (Sera divisé.)

145 — Assiette à fleur centrale et motifs rayonnants en vert. Porcelaine de Saxe Marcolini.

146 — Quatre soucoupes en porcelaine d'Allemagne, à fleurs.

147 — Plat ovale en ancienne porcelaine de Louisbourg; bouquet de fleurs au centre, bords gaufrés à vannerie.

148 — Plat creux, bords à vannerie et décor de fleurs et d'insectes. Ancienne porcelaine de Saxe.

149 — Plat en ancienne porcelaine de Vienne, décor à bouquet entouré d'un semis de fleurettes.

150 — Plateau de forme mouvementée, à rocailles et coquilles, portant quatre pots, une petite jardinière ajourée et une statuette formant flambeau. Porcelaine décorée de Saxe.

151 — Deux plateaux carrés à fonds de paysages, en porcelaine, portant la marque de Mayence.

152 — Service à thé, comprenant une théière, une verseuse, un sucrier, un flacon à thé, douze tasses et leurs soucoupes, en porcelaine de Saxe Marcolini.

153 — Douze tasses à café avec leurs soucoupes et un sucrier. Même porcelaine.

154 — Sucrier à bandes dorées et fleurs, avec bouton de rose au couvercle. Même porcelaine.

155 — Tasse et soucoupe en porcelaine d'Allemagne, à décors de fruits.

156 — Autres, à décor de fleurs et insectes.

157 — Deux tasses couvertes et leur soucoupe, à décors de personnages dans des médaillons. Porcelaine d'Allemagne.

158 — Huit coquetiers en porcelaine d'Allemagne, à fleurs et filets dorés.

159 — Sucrier couvert et son présentoir, en porcelaine de Louisbourg, gaufrée de vannerie et décorée de dorures et paysages fleuris en réserve.

160 — Verseuse couverte en porcelaine d'Allemagne gaufrée, à fleurs.

161 — Cafetière, à manche bois, en porcelaine d'Allemagne, à fleurs, rubans et guirlandes.

162 — Deux coupes, un compotier carré, un compotier hexagonal, un autre à pied et percé de trous. Porcelaine de Dresde.

163 — Petite coupe en porcelaine de Berlin ; monture en bronze ciselé à tritons.

164 — Petit service en porcelaine, décorée à fleurs, comprenant : un plateau, trois soucoupes, deux tasses, un sucrier, une théière et une verseuse.

165 — Petit sucrier en porcelaine, à fleurs ; bouton formé d'une rose. Porcelaine d'Allemagne.

166 — Petit pichet couvert et jardinière assortie, en porcelaine décorée.

167 — Douze petits pots à crème, munis d'une anse, en porcelaine gaufrée, à cannelures obliques et ornée de fleurettes, le bouton du couvercle formé d'une rose.

168 — Paire de vases en porcelaine gros bleu, à réserves d'oiseaux.

169-170 — Lot d'environ soixante-dix assiettes en porcelaine d'Allemagne, ornées de fleurs et dorées au pourtour. (Sera divisé.)

171 — Quatre figurines de femmes en porcelaine de Saxe.

172 — Deux groupes, même porcelaine, à sujets idylliques.

173 — Autre groupe, même porcelaine. Homme vêtu d'une peau de bête.

174 — Petit groupe en porcelaine de Saxe, à sujet galant.

175 — Garniture de cheminée, comprenant : une pendule, deux flambeaux et deux vases couverts, en porcelaine, portant la marque de Lunéville.

176 — Fontaine et son bassin en porcelaine décorée, à personnages.

177 — Quatre petits pots à crème, à décors bleus, en ancienne porcelaine de Tournai.

178 — Trois soucoupes à godrons rayonnants et décors bleus. Ancienne porcelaine tendre de Saint-Cloud.

179 — Huit petits pots à crème, munis d'une anse, à décor de fleurs et dorures; couvercle à bouton doré. Ancienne porcelaine à la Reine.

125

180 — Deux petites tasses et leurs soucoupes en porcelaine de Paris, à dorures sur fond rose, bordures vertes et réserves de personnages.

181 — Assiette à filets rouges et guirlandes de fleurs contournées. Ancienne porcelaine de la Courtille.

182 — Quatre assiettes en ancienne porcelaine de Chantilly; marli gaufré à vannerie, le fond décoré d'un jet d'eau en bleu.

150

183 — Deux assiettes en ancienne porcelaine de Paris, décorées d'un semis de fleurs au fond et au marli d'entrelacs, fleurs et dorures.

184 — Plateau carré de tête à tête en ancienne porcelaine de Paris, à lambrequins et guirlandes de fleurs, avec réserves circulaires de dorures.

185 — Sucrier couvert et son présentoir en porcelaine de Chantilly; décor de cerfs dans des paysages.

186 — Tasse et soucoupe en porcelaine verte, à bordure dorée, portant la marque de Sèvres.

187 — Cinq pièces dépareillées : théière, tasses, bol et soucoupes, en porcelaine de Paris, décor au barbeau.

188 — Petite verseuse, tasse et soucoupe en porcelaine dure de Locré.

189 — Tasse et sa soucoupe, même porcelaine, à quadrillages et dorures.

190 — Plateau à pans, en porcelaine, bords dorés et semis de fleurs parmi des réserves de dorure. Époque Restauration.

191 — Service en porcelaine, à décor de rose et filets or, comprenant : quatre sucriers, quatre compotiers, quatre assiettes à gâteaux, quarante-huit assiettes, une cafetière, un pot à lait, neuf tasses et leurs soucoupes. Époque Restauration.

192 à 196. — Fort lot de porcelaines variées : assiettes, plats, bols, etc. (Sera divisé.)

FAIENCES

197 — Bénitier en ancienne faïence italienne, à mascarons et cariatides.

198 — Plat à bords contournés en ancienne faïence de Delft polychrome, à décor d'arbustes, fleurs, insectes et oiseaux.

199 — Trois plats longs en ancienne faïence de Rouen, à décors bleus; trois autres ronds en faïence polychrome.

200 — Fontaine et son bassin en ancienne faïence de Rouen, à décors bleus.

201 — Jardinière à anses en ancienne faïence de Rouen.

202 — Cache-pot octogonal en ancienne faïence de Rouen.

203 — Hanap, forme casque, en faïence, imitation de Rouen, à lambrequins.

204 — Deux assiettes en ancienne faïence de Strasbourg, décor au Chinois.

205 — Dix autres, des Islettes, à décor de fleurs.

206 — Soupière et son couvercle en ancienne faïence de Strasbourg, à fleurs.

207 — Un porte-huiliers. Même faïence.

208 — Une saucière à anses en ancienne faïence de Strasbourg.

209 — Petit moutardier en ancienne faïence de Strasbourg, décor au Chinois.

210 — Trois petits pots à crème dépareillés, avec leur couvercle, en ancienne terre de Lorraine.

211 — Quatre assiettes en faïence de Nevers, décorées, en bleu, de personnages représentant les saisons.

212 — Deux plats longs en ancienne faïence de Moustiers, à décor, en bleu, de BÉRAIN.

213 — Plat rond et quatre assiettes en ancienne faïence, genre Moustiers, à décors polychromes de grotesques.

214 — Soupière ovale avec couvercle et plateau, à décor de fleurs avec médaillon en réserve présentant le triomphe d'Amphitrite; bouton de feuillage au couvercle. Faïence du Midi.

215 — Plat octogonal, décoré au centre d'une scène idyllique. Même faïence.

216 — Quatre petites jardinières d'appliques en faïence du Midi.

217 — Paire de vases à anses, avec couvercles, en faïence du Midi.

218 — Plat et douze assiettes en faïence, à décor de scènes villageoises, d'après TENIERS.

219 — Deux encriers variés en ancienne faïence décorée.

220 — Encrier contourné à rocaille, muni d'un couvercle à anse et d'un flambeau, en faïence de l'Est.

221 — Autre encrier en faïence décorée, reproduction du précédent.

222 — Paire de bouteilles en faïence à fond bleu, montées en lampes; garniture bronze doré.

223 — Coffret en faïence, à reliefs, portant la marque de Saint-Clément.

224 — Deux salières en ancienne faïence.

225 — Pichet et cuvette, faïence décorée en bleu.

226 — Statuette de dryade ayant à ses pieds un monstre marin. Faïence décorée.

227 à 230 — Lot d'environ vingt assiettes et plats en anciennes faïences de Lunéville, Rouen, Strasbourg, etc. (Sera divisé.)

231 à 236 — Fort lot d'assiettes et plats en faïences diverses, Nevers, Gien, Delft, faïence révolutionnaire et autres. (Sera divisé.)

VERRERIE, IVOIRE, ÉTAIN, ETC...

OBJETS DE VITRINE ET DIVERS

237 — Miniature : Portrait de Napoléon Ier ; cadre en ébène cerclé de cuivre.

238 — Miniature dans son écrin en cuir gaufré : Portrait de femme.

239 — Miniature de femme en marmotte et corsage chaudron orné de fourrure ; cadre médaillon noir.

240 — Autre miniature : Portrait de Danton ; cadre en cuivre.

241 — Miniature de femme en corsage jaune à guimpe ; cadre en métal doré et ciselé.

242 — Trois petites gravures encadrées : Portraits de femmes. Époque Empire.

243 — Éventail à monture noire ajouré et doré ; feuille à sujets de danses.

244 — Petit éventail en écaille blonde, feuille en soie décorée de paillettes. Époque Empire.

245 — Bonbonnière en ivoire, ornée au couvercle d'un bas-relief en biscuit : Portrait du prince Impérial.

246 — Bonbonnière en noyer, doublée d'écaille, portant au couvercle une miniature de femme : Portrait de la maréchale Lefèvre. Époque Empire.

247 — Petite bonbonnière en argent ciselé et petite buire en cristal et filigrane d'argent.

248 — Boite rectangulaire en argent repoussé, à fleurs.

249 — Tabatière en argent doré et finement ciselé, à lambrequins et entrelacs. Couvercle partiellement émaillé de fleurs et guirlandes.

250 — Croix savoyarde avec agrafe en argent ciselé.

251 — Petit porte-cartes en ivoire sculpté. Travail de l'Extrême-Orient.

252 — Coupe-papier en ivoire sculpté.

253 — Deux groupes en ivoire sculpté de la Chine.

254 — Christ en ivoire sculpté.

255 — Deux couteaux dans un écrin : l'un à lame d'acier, l'autre à lame de vermeil ; manches en émail noir décoré de fleurs.

256 — Douze boutons formés de petites gravures en couleurs : Portraits de femmes.

257 — Six boutons en filigrane d'argent.

258 — Icone russe, décorée d'une peinture; cadre en métal partiellement émaillé.

259 — Autre en bronze ciselé et émaillé, représentant la Vierge et l'Enfant.

260 — Polyptique en cuivre ciselé, comprenant seize petits bas-reliefs à sujets saints.

261 — Quatre petites coupes en cuivre gravé.

262 — Groupe en biscuit de Sèvres : la Toilette de Vénus.

263 — Deux groupes en biscuit, à sujets de jeux d'enfants.

264 — Théière et tasse en biscuit décoré, genre Wedgwood.

265 — Deux petites statuettes en biscuit se faisant pendants : le Clerc et la Bouquetière.

266 — Sucrier à anses avec couvercle et présentoir en émail bleu, à dorure et réserves de fleurs; bouton orné d'une rose.

267 — Jardinière et deux vases en émail cloisonné, à fleurs.

268 — Plateau ovale à fond de glace, muni d'une galerie en bronze ajouré.

269 — Petit service à liqueurs Empire, comprenant deux carafes et onze verres en cristal taillé, sur un plateau rond à fond de glace et monture bronze.

270 — Gourde en ancien cristal taillé et gravé.

271 — Cachet en cristal taillé et teinté, dans son écrin.

272 — Deux petits flacons et un verre en cristal taillé.

273 — Deux vases en cristal taillé.

274 — Paire de flambeaux en cristal taillé et bronze doré. Époque Restauration.

275 — Deux coupes à fruits avec double fond et présentoir en cristal taillé Empire.

276 — Paire de coupes cristal, montées en bronze ciselé : Femmes agenouillées.

277 — Paire de petits vases en cristal taillé, supportés par des amours en bronze argenté.

278 — Grand gobelet en ancien cristal gravé.

279 — Quatre carafes, deux confituriers et un lot de flacons en cristal taillé.

280 — Narghilé à récipient de verre teinté, garni d'argent.

281 — Deux carafes et huit verres à pieds en cristal gravé.

282 — Petit service, composé de deux flacons à anses sur un plateau. Ancien cristal orné de dorures.

283 — Autre petit service, composé de deux flacons sur un plateau. Ancien cristal orné de dorures.

284 — Porte-bouquet en verre gravé ; monture en bronze émaillé, posant sur trois amours.

285 — Gobelet à anses en ancien verre gravé.

286 — Deux coupes en verre décoré.

287 — Quatre aiguières en verre ; monture bronze argenté, à rocailles.

288 à 290 — Lots de verres, flacons, etc., en cristal taillé. (Sera divisé.)

291 — Deux vases de style chinois en verre décoré.

292 — Pichet en ancien grès allemand.

293 — Paire de vases en grès émaillé de la Chine, à décor de paysages.

294 — Pagode chinoise en étain ajouré.

295 — Moutardier en vieil étain ; autre en cristal taillé.

296 — Fontaine et son bassin en ancien étain.

297 — Verseuse en étain. Époque Louis XV.

298 — Ancienne soupière en étain.

299 — Cache-pot en tôle émaillée. Époque Louis XV.

300 — Pot en fer, à décor d'animaux fantastiques.

301 — Deux petites lanternes en fer, à décors de peinture et dorures.

302 — Ancien coffre en fer, ceinturé de lamelles à clous et muni de poignées.

303 — Nécessaire à ouvrage, comprenant quatorze objets variés en nacre, cristal, or et vermeil, dans un coffret en bois noir orné d'acier.

304 — Boite à jetons en laque de Chine, renfermant six coffrets et un lot de sébilles.

305 — Buste en terre cuite de Michel-Ange, par Carrier-Belleuse.

306 — Femme couchée en terre cuite. Signée : d'Épinay.

307 — Deux grandes aiguières en marbre blanc veiné, décorées de pampres, guirlandes et mascarons.

ARGENTERIE

ANCIENNE ET MODERNE

MÉTAL

308 — Garniture de toilette, composée d'une cuvette et d'un pot à eau en argent, de trois boîtes et d'un flacon en cristal garnis d'argent. Le tout renfermé dans un écrin.

309 — Paire de compotiers à plateaux superposés en cristal taillé ; monture argent. Époque Restauration.

310 — Deux petits vases à anses en argent ciselé. Époque Restauration.

311 — Petite coupe couverte en argent, portée par des cariatides d'anges, à pieds-griffes.

312 — Sucrier à anse, petit plateau octogonal sur pieds, cuiller à punch et cinq petites fourchettes, métal argenté.

313 — Corbeille à anses en filigrane d'argent.

314 — Timbale à pied en argent ciselé de pampres et rameaux. Époque Empire.

315 — Timbale et plateau en vermeil, provenant d'un calice.

316 — Deux légumiers à anses en argent ciselé, à guirlandes ; couvercle orné d'une pomme de pin.

317 — Chocolatière en argent ciselé, bec à canaux, munie d'un manche en bois ; argent. Vieux Paris, XVIIIe siècle.

318 — Grande chocolatière en argent ciselé à guirlandes, munie d'un manche en bois. XVIIIe siècle.

319 — Théière en argent ciselé, anse en bois.

320 — Casserole en argent, à manche en bois.

321 — Cafetière en argent ciselé, à guirlandes et nœuds de rubans.

322 — Autre en argent ciselé, à lambrequins et quadrillages.

323 — Petite cafetière en argent ciselé, à guirlandes de roses.

324 — Porte-huilier, formé d'un plateau contourné à filets portant des récipients ajourés ; argent. Vieux Paris, XVIIIe siècle.

325 — Porte-huilier, en argent ajouré, orné d'amours, de médaillons, et surmonté d'une pyramide. Style Louis XVI.

326 — Deux plats longs en argent ; bords à filets, décorés d'un blason.

327 — Deux plats creux en argent, à bords moulurés, décorés d'un blason.

328 — Trois plats ronds en argent, différents de grandeurs; bords à filets décorés d'un blason.

329 — Plat rond en argent, bords godronnés, décoré d'un blason.

330 — Plat rond en argent, bords à feuillage, décoré d'un blason.

331 — Petit plat rond en argent, bords à filets, décoré d'un blason.

332 — Trois petites salières, dont une couverte d'une coquille; argent. Vieux Paris, époque Louis XV.

333 — Quatre salières et un moutardier en argent ajouré, marqués d'un chiffre. Vieux Paris, époque Louis XVI.

334 — Moutardier en cristal; monture argent, à têtes d'aigle. Époque Empire.

335 — Pince à asperges en argent ciselé et ajouré.

336 — Pelle à saupoudrer en argent.

337 — Quatre petites pelles à sel, une à moutarde et une à fraises en argent.

338 — Six petites cuillers à café en métal doré, ornées d'émaux de couleurs, renfermées dans leur écrin. Travail russe.

339 — Six cuillers à soupe et dix-huit fourchettes en argent ciselé, portant un chiffre et une couronne.

340 — Services à poisson et à fruits de six pièces, portant un chiffre et une couronne et réunis dans un écrin ; argent ciselé et gravé.

341 — Service à découper et couvert à salade, manches en argent.

342 — Lampe, formée d'un pied de calice, en argent ciselé et ajouré, base à guirlandes et médaillons.

343 — Paire de petits flambeaux en argent, à palmes.

344 — Paire de flambeaux-girandoles à quatre lumières, décorés de fleurs, têtes de lions et motifs contournés ; argent ciselé et repoussé. Travail espagnol.

345 — Paire de flambeaux en métal argenté, à figurines de femmes et d'amours et munis de cinq lumières; base à rinceaux et têtes de lions.

346 — Deux montures de sacs en argent doré.

PENDULES

CUIVRES, BRONZES

347 — Pendule-religieuse en marqueterie de cuivre et d'étain sur écaille, montants plats à cannelures et chapiteaux, statuette à la partie supérieure. XVIIe siècle.

348 — Horloge, sur son socle, en bronze patiné et doré, orné d'un mascaron au fronton et de vases aux angles et surmontée d'une statuette de saint Georges; cadran en cuivre ajouré, à sujet mythologique. Style Renaissance.

349 — Grande horloge en marqueterie de cuivre et son socle, ornée de bronzes ciselés à rocailles et figure, surmontée d'une statuette de Renommée; cadran marqué de *Le Roy*. XVIIe siècle.

350 — Importante pendule Louis XIV en marqueterie de cuivre sur écaille, ornée au devant d'un char triomphal, flanquée de cariatides et surmontée d'une statuette de Minerve; soubassement à draperies et chevaux.

351 — Petite pendule sur fût de marbre gris, le cadran surmonté d'un vase en bronze doré. Époque Louis XVI.

352 — Petite pendule, à cadran émaillé bleu, supporté par deux arcades posant sur un socle en marbre blanc. Époque Louis XVI.

180

353 — Pendulette Empire en bronze ciselé et doré, ornée de vases, lyres, cygnes et statuette de femme, montants à torsades et à palmes.

354 — Pendule en marbre jaune et bronze patiné, à sujet d'homme tenant une lyre. Époque Empire.

120

355 — Pendule en marbre noir et bronze doré, à pilastres, ornements de draperies et vase. Époque Empire.

100

356 — Pendule en bronze doré. Époque Empire.

170

357 — Garniture de cheminée, comprenant une pendule et deux flambeaux en marbre blanc et bronze doré. Style Louis XVI.

170

358 — Paire de girandoles en forme de vases fleuris; bronze ajouré et patiné.

359 — Paire de candélabres, à quatre lumières, en bronze patiné et doré, formés de femmes drapées, sur bases à cannelures rayonnantes.

360 — Paire de flambeaux en cuivre ciselé et gravé, à cannelures rayonnantes. Époque Louis XIII.

361 — Autre paire de flambleaux en cuivre, de même époque, à décor de palmettes.

362 — Paire de flambeaux Louis XIV en cuivre.

363 — Paire de flambeaux Louis XIII en cuivre.

364 — Paire de flambeeux Louis XIV en cuivre, à coquilles.

365 — Paire de petits flambeaux, à cannelures, en bronze argenté. Époque Louis XVI.

366 — Paire de flambeaux Louis XVI en cuivre ciselé, à draperies et rangs de perles.

367 — Deux flambeaux en bronze, à collerettes.

368 — Deux flambeaux en bronze ciselé et doré, base à palmettes. Époque Empire.

369 — Paire de flambeaux en cuivre poli, modèle à griffes. Époque Empire.

370 — Flambeau creux en bronze patiné et ciselé, portant un thermomètre. Époque Restauration.

371 à 376 — Lot de flambeaux en cuivre ou en bronze argenté des époques Louis XIII, Louis XIV, Louis XV et Louis XVI. (Sera divisé.)

377 — Paire d'appliques, à deux lumières, en bronze ciselé et doré, à pommes de pins et nœuds de ruban. Époque Louis XVI.

378 — Autre paire d'appliques à trois lumières, à vases de flammes. Style Louis XVI.

379 — Paire d'appliques en bronze ciselé et doré, à trois lumières, de style rocaille.

380 — Paire d'appliques, à une lumière, en bronze ciselé. Époque Louis XIV.

381 — Lustre, forme corbeille, en bronze patiné. Époque Restauration.

382 — Petit lustre hollandais en cuivre, à quatorze lumières.

383 — Lustre en bronze ciselé et doré à fleurettes, comprenant douze lumières ; ornements de pendeloques, rosaces et clochettes cristal.

384 — Galerie de foyer Louis XV en bronze ciselé, à feuillage et têtes de lions.

385 — Galerie de foyer Louis XVI en bronze ciselé ; modèle à guirlandes, colonnes cannelées, vases et pommes de pin.

386 — Paire de chenets à vases en cuivre poli.

387 — Profil de Napoléon en bronze, appliqué sur velours vert.

388 — Statuette en bronze de femme étendue : la Source.

389 — Figurine de chien de chasse en bronze.

390 — Statuettes de fillette et de saltimbanque en bronze ciselé et doré, se faisant pendant et posant sur socles en marbre blanc à chaînettes. XVIIIe siècle.

391 — Deux grands brûle-parfums en bronze ciselé de la Chine, à personnage, chimères et animaux fantastiques.

392 — Gros œuf en bronze patiné de la Chine, surmonté d'un coq posant sur des rocailles.

393 — Petite verseuse en bronze de la Chine.

394 — Deux petites boites, pouvant former flambeaux, en ancien bronze de la Chine.

395. — Groupe décoratif en bronze de la Chine, à rocailles et oiseau.

396 — Trois bouteilles en bronze de la Chine, à décors d'insectes et de feuillages.

397 — Cache-pot en bronze japonais.

398 — Perdrix en bronze patiné, sur socle en marbre rouge.

399 — Porte-huilier en bronze argenté, avec burettes en cristal taillé. Époque Louis XV.

400 — Encrier en bronze patiné, à double coquille; récipient en cristal.

401 — Vase en bronze, décoré d'un aigle et d'un canard.

402 — Coquille vide-poche en cuivre ciselé et gravé.

403 — Petit coffret à double couvercle en cuivre émaillé.

404 — Petit coffret en cuivre gravé et ajouré. Travail persan.

405 — Ancienne fontaine en cuivre, avec son bassin, ornée de deux colombes au-dessus d'un cœur; support en bois sculpté.

406 — Ancienne fontaine en cuivre, avec son bassin.

407 — Petite fontaine en ancien cuivre martelé, à lions héraldiques.

408 — Vase en ancien cuivre, dentelé sur les bords et orné de rosaces.

409 — Grand hanap en ancien cuivre ; anse formée d'une cariatide de femme.

410 — Grand samovar en cuivre.

411 — Autre plus petit.

412 — Vase-balustre en cuivre.

413 — Verseuse en cuivre martelé, anse en bois.

BOIS SCULPTÉ, BOIS INCRUSTÉ

GLACES, CADRES, ARMES

414 — Statuette en bois sculpté : Sainte Marie-Madeleine.

415 — Statuette de vierge en bois sculpté et doré.

416 — Petite baratte en bois sculpté.

417 — Deux simulacres de vases fleuris en chêne sculpté.

418 — Paire de médaillons d'applique en bois sculpté, à oiseaux et branchages, munis de bras de lumière en bronze ciselé et doré.

419 — Ancien rouet en bois sculpté.

420 — Petite jardinière, de forme carrée, en bois incrusté de nacre et garni de cuivre.

421 — Coffret à thé en bois incrusté.

422 — Petit modèle de commode, à deux tiroirs, en noyer marqueté.

423 — Petit socle en bois de fer ajouré, couvert d'un marbre rouge.

424 — Deux paires de portes d'armoires en chêne sculpté à pointes de diamant. Époque Louis XIII.

125 — Encadrement de baie en chêne mouluré et sculpté à feuillage.

126 — Baromètre en noyer sculpté. Époque Louis XVI.

127 — Glace dorée, cadre à fronton, à sujet de têtes de cygnes.

128 — Glace, cadre en bois doré. Époque Louis XV.

129 — Glace, cadre en bois sculpté peint en gris. Époque Louis XVI.

130 — Petite glace, cadre en bois sculpté. Époque Louis XVI.

131 — Glace à double cadre doré et fronton-coquille.

132 — Grande glace rectangulaire, à cadre doré.

133 — Glace, cadre doré, à fronton. Époque Louis XVI.

134 — Glace biseautée, à cadre sculpté et doré. Époque Louis XIV.

135 — Miroir à double cadre en bois sculpté et doré. Époque Louis XIII.

136 — Dessus de glace en trois parties, cadre doré.

137 — Cadre de glace en bois naturel sculpté. Époque Régence.

438 — Cadre doré et sculpté, à rubans et grappes de raisin.

439 — Deux épées à poignées en nacre et bronze ciselé, lames gravées. XVIIIe siècle.

440 — Épée à coquille, poignée en fer forgé.

441 — Épée, à poignée décorée d'un aigle.

442 — Épée, à poignée en bronze argenté.

443 — Autre, à poignée de cuivre ciselé.

444 — Deux poignards, à manche corne.

445 — Main gauche, à poignée fer forgé.

446 — Trois sabres japonais et deux piques.

447 — Deux arcs et leurs flèches.

448 — Sabre, à poignée d'ébène ornée d'une coquille en cuivre.

449 — Cimeterre, à poignée d'ébène et métal.

450 — Petit poignard, à manche en nacre.

451 — Petit revolver, à barillet gravé.

MEUBLES

452 — Commode en acajou, ouvrant à trois tiroirs. Dessus de marbre gris. Époque Louis XVI.

453 — Commode en noyer et marqueterie de bois de couleur, ouvrant à trois tiroirs. Époque Louis XVI.

454 — Petite commode en bois naturel sculpté, à rocailles et fleurs, avec poignées et entrées de serrure en bronze. Époque Louis XV.

455 — Commode en marqueterie de bois, ornée de bronzes ciselés et dorés, munie de deux tiroirs et couverte d'un marbre jaune. Époque Louis XVI.

456 — Commode en bois de rose, munie de deux tiroirs; chutes et ornements en bronze doré; dessus de marbre. Époque Louis XVI.

457 — Commode en bois de violette, ornée de bronzes et munie de trois tiroirs; dessus en marbre gris. Époque Louis XIV.

458 — Commode en marqueterie de bois de rose, ornée de bronzes et munie de trois tiroirs; dessus de marbre.

459 — Commode en chêne sculpté, de forme galbée, munie de trois tiroirs. Époque Louis XIV.

460 — Meuble formant bureau en acajou, avec abattant muni d'une glace, ornements en bronze. Époque Louis XVI.

461 — Meuble à écrire, posant sur huit pieds à entrejambes et muni de cinq tiroirs et d'une porte ; bois de placage marqueté et sculptures dorées.

462 — Petit bureau portugais en bois incrusté d'ivoire, muni d'un abattant et d'un tiroir.

463 — Ancien bureau plat en chêne noirci, fileté de cuivre, muni de cinq tiroirs et posant sur pieds galbés à sabots de bronze.

464 — Bureau à cylindre en marqueterie de bois. Époque Louis XVI.

465 — Petit bureau à dos d'âne en noyer. Époque Louis XV.

466 — Bureau à dos d'âne, ouvrant à trois tiroirs. Époque Louis XV.

467 — Meuble à casiers en poirier noirci, formant pupitre à la partie supérieure.

468 — Secrétaire, muni d'un abattant et de quatre tiroirs, en bois de rose ma queté de filets. Époque Louis XVI.

469 — Meuble-chiffonnier, muni de sept tiroirs, en bois d'acajou, orné de têtes de lions en bronze doré et couvert d'un marbre Sainte-Anne. Époque Empire.

470 — Vitrine en hauteur, palissandre ciré, ornée de bronzes dorés. Style Louis XV.

471 — Console en bois doré, à guirlandes, couverte d'un marbre blanc. Style Louis XV.

472 — Grande console à étagères en bois sculpté et doré, à cariatides et poissons, et posant sur trois pieds-biches.

473 — Console Louis XV en bois peint et laqué vert et or, ornée de bouquets et guirlandes de fleurs; pieds galbés.

474 — Console en bois sculpté et peint gris, entre-jambe à vase fleuri. Dessus en marbre brèche. Époque Louis XVI.

475 — Paire d'encoignures en marqueterie de bois de violette. Dessus en marbre brèche. Époque Louis XV.

476 — Deux encoignures d'applique, formant étagères, en bois décoré au vernis. Époque Louis XV.

477 — Encoignure, ouvrant à une porte, en bois sculpté.

478 — Deux meubles-encoignures en noyer sculpté, à dessus de marbre. Époque Louis XVI.

479 — Encoignure d'applique en laque rouge, formant armoire, à volets coulissés et étagère.

480 — Meuble d'encoignure en bois noir incrusté d'ivoire et formé de glaces biseautées ; il est muni d'étagères et forme armoire dans le bas.

481 — Meuble d'entre-deux assorti, ouvrant à une porte.

482 — Meuble-vitrine assorti, formant armoire à la partie inférieure.

483 — Table-bureau assortie, munie d'un grand tiroir ; entrejambe à vase.

484 — Table gigogne assortie.

485 — Guéridon assorti, posant sur quatre pieds cannelés à entrejambes ; le tiroir est à musique.

486 — Petit meuble d'applique, formant armoire et étagère, en bois de placage marqueté. XVIIIe siècle.

487 — Cabinet en laque rouge, muni de nombreux tiroirs et de portes ornées de plaques de porcelaine et d'applications de métal gravé ; socle en bois de fer. Travail chinois.

488 — Coffre savoyard en bois sculpté.

489 — Coffre à bois, à décor de figures. Style Renaissance.

490 — Écran en bois sculpté et noirci, à fleurs et rocailles, d'époque Louis XV ; feuille en broderie chinoise, à personnages.

491 — Petit écran, avec tablette en acajou. Époque Louis XV.

492 — Horloge à gaine en chêne finement sculpté à fleurs. Époque Louis XIV.

493 — Colonne-support en bois doré, à cannelures.

494 — Deux colonnes cylindriques en bois peint, imitant le marbre.

495 — Deux pieds-supports en bois doré et peint, à tablette supérieure portée par un amour.

496 — Lit à baldaquin en bois peint gris et partiellement doré. Époque Louis XV.

497 — Lit en bois sculpté peint blanc, à filets verts. Époque Louis XVI.

498 — Lit en bois fruitier, à fronton et à boules. Époque Directoire.

499 — Lit en bois naturel sculpté, à décor de guirlandes et pommes de pin. Époque Louis XVI.

500 — Lit en bois sculpté, à bustes de femmes dorés et posant sur pieds humains. Époque Empire.

501 — Table de nuit assortie.

502 — Table de nuit en noyer, ouvrant à tiroir et à volets coulissés. Époque Louis XVI.

503 — Table de nuit, ouvrant à volets coulissés, en acajou, à filets cuivre, couverte d'un marbre gris. Époque Louis XVI.

504 — Table de nuit en acajou; dessus de marbre blanc. Époque Louis XVI.

505 — Table de nuit en noyer. Époque Louis XV.

506 — Table de nuit analogue à la précédente.

507 — Petite table, à trois tiroirs, en noyer; dessus de marbre gris. Époque Louis XVI.

508 — Table à croisillons en bois sculpté. Époque Louis XIII.

509 — Petite table en bois sculpté. Époque Louis XIII.

510 — Petite table, ouvrant à trois tiroirs et couverte d'un marbre, à galerie de cuivre ajourée. Époque Louis XVI.

511 — Petite table carrée en noyer. Époque Louis XIII.

512 — Table en chêne sculpté, pieds à cannelures obliques et croisillon d'entrejambes à rinceaux. XVIIe siècle.

513 — Petite table en noyer sculpté. Époque Louis XV.

514 — Petite table en bois de placage, à quatre pieds cambrés, ouvrant à un tiroir sur le côté. Époque Louis XV.

515 — Table-bouillotte en noyer. Époque Louis XVI.

516 — Table tric-trac en noyer. Époque Louis XVI.

517 — Table à jeu en marqueterie de bois, à damiers. XVIIIe siècle.

518 — Petite table à jeu en noyer. Époque Louis XVI.

519 — Guéridon rond en acajou marqueté et cerclé de cuivre, avec galerie ajourée ; il pose par trois pieds-griffes à palmes, peints en vert, sur une base triangulaire. Époque Empire.

520 — Petit guéridon en acajou, couvert d'une tablette et muni d'une corbeille d'entrejambes. Époque Louis XVI.

521 — Table-poudreuse en noyer. Époque Louis XV.

522 — Coiffeuse à abattant en bois d'acajou et filets cuivre. Époque Louis XVI.

523 — Petite table à coiffer en noyer et marqueterie de bois. Époque Louis XVI.

524 — Petite toilette en bois noirci, à bustes de femmes, mascarons et figurines en bronze, couverte d'un marbre Sainte-Anne. Époque Empire.

525 — Meuble-bahut, à deux corps, ouvrant à quatre portes et quatre tiroirs, en bois sculpté. Époque Louis XIII.

526 — Bahut à hauteur d'appui en bois sculpté, ouvrant à une porte, panneaux décorés de vases fleuris. XVIIe siècle.

527 — Deux petits bahuts en bois sculpté, ouvrant à une porte. Époque Louis XV.

528 — Buffet en bois sculpté, surmonté d'une petite armoire ouvrant à deux portes. Époque Louis XIII.

529 — Buffet à deux corps, muni de six portes et de trois tiroirs, à fronton contourné, en ronce de noyer sculpté. Époque Louis XV.

530 — Buffet-vaisselier en ronce de noyer sculpté, muni de trois portes et de trois tiroirs. Époque Louis XV.

340

531 — Petit vaisselier en chêne, fermant à la partie inférieure par deux portes sculptées à pointes de diamant.

532 — Armoire à hauteur d'appui en acajou, posant sur pieds-griffes ; ornements de têtes de sphinx en bronze patiné et dessus en marbre rouge. Époque Empire.

533 — Armoire en noyer sculpté. Époque Louis XIV.

534 — Armoire en chêne sculpté. Époque Louis XIV.

535 — Armoire, ouvrant à deux portes, en noyer sculpté. Époque Louis XV.

536 — Armoire en chêne sculpté. Époque Louis XIV.

537 — Armoire en bois sculpté, munie de deux portes et d'un tiroir, fronton mouvementé à perles. Époque fin Louis XV.

538 — Grande armoire en bois sculpté et noirci, munie de deux portes vitrées; fronton à oiseaux et carquois, panneaux à médaillons. XVIIIe siècle.

539 — Deux grandes bibliothèques en bois noirci ; fronton à godrons et rinceaux, partie inférieure munie de deux portes sculptées, à médaillons de vases fleuris.

SIÈGES

540 — Deux chaises en bois naturel sculpté, couvertes de damas vert.

541 — Six chaises en noyer sculpté, foncées de paille de couleur. Époque Louis XVI.

542 — Deux chaises à hauts dossiers en noyer. Époque Louis XIII.

543 — Deux autres, garnies de velours. Époque Louis XIV.

544 — Deux chaises en chêne sculpté, dossiers à chimères, couvertes d'étoffe de fantaisie.

545 — Deux chaises paillées, dossier ajouré.

546 — Onze chaises en noyer, sièges paillés, dossier sculpté et ajouré. Époque Louis XVI.

547 — Chaise-gondole, couverte en tapisserie au point.

548 — Deux chaises-gondoles en bois noirci, couvertes d'étoffe à fond rouge. Deux autres, semblables, couvertes de velours jaune. Époque Restauration.

549 — Chaise-fumeuse en bois sculpté et ajouré, présentant au dossier une scène de cabaret et couverte d'imitation de tapisserie.

550 — Fauteuil en noyer sculpté, couvert d'un reps de fantaisie. Époque Louis XIII.

551 — Fauteuil Louis XIII en bois sculpté, couvert d'ancienne tapisserie au point, à vases fleuris et oiseaux.

440

552 — Fauteuil en bois sculpté, recouvert en cuir. Époque Louis XV.

553 — Fauteuil-crapaud, couvert de drap bleu. Style Louis XV.

554 — Deux fauteuils en bois sculpté peint blanc, recouverts en soie. Époque Louis XV.

300

555 — Deux fauteuils en bois sculpté, recouverts en soie à fleurs. Époque Louis XV.

300

556 — Six fauteuils en bois sculpté et noirci, d'époque Louis XV, recouverts de drap vert, galonné d'or.

557 — Fauteuil de bureau assorti. Époque Louis XV.

558 — Six fauteuils en bois sculpté à fleurs au fronton, du temps de Louis XV, couverts en tapisserie de Neuilly (?), à fleurs et encadrements de feuillage.

3 700

559 — Quatre autres, couverts de même tapisserie, en noyer sculpté, d'époque Louis XV.

1000

560 — Deux fauteuils en bois peint gris, à dossiers-médaillons. Époque Louis XV.

561 — Fauteuil à dossier-médaillon en bois sculpté et peint blanc, à ornements de guirlandes et nœuds de ruban (non couvert). Époque Louis XVI.

562 — Fauteuil en noyer sculpté, garni de cuir noir. Époque Louis XVI.

563 — Deux fauteuils Louis XVI en bois peint vert, dossiers-médaillons moulurés, couverts en tapisserie moderne au point, à guirlandes de feuillage et paniers fleuris.

564 — Deux fauteuils Louis XVI en bois peint gris, dossiers-médaillons à torsade, couverts en tapisserie moderne au point, à rubans et fleurs.

565 — Fauteuil, à dossier-médaillon, recouvert de velours vert. Époque Louis XVI.

566 — Fauteuil en bois noirci, à têtes de sphinx dorées, couvert d'étoffe à fond rouge. Époque Empire.

567 — Siège Louis XIII en chêne sculpté.

568 — Deux bergères en bois laqué gris, dossiers à bouquet, couvertes de damas rouge. Époque Louis XV.

569 — Chaise-longue à oreilles en bois finement sculpté, du temps de la Régence, couverte d'une étoffe de fantaisie imitant la tapisserie.

570 — Petit canapé en bois sculpté et peint, à décor de guirlandes de fleurs, recouvert d'un coussin de velours.

571 — Grand canapé en chêne sculpté, d'époque Régence, couvert de tapisserie au point à grands ramages sur fond crème.

TAPISSERIES, ÉTOFFES

COSTUMES, ORNEMENTS D'ÉGLISE

PANNEAU DE CUIR

572 — Tapisserie, à sujet de chasse, animée de nombreux personnages. Époque de la Renaissance.

Dimensions : Haut., 2 m. 25 cent.; larg., 3 mètres.

573 — Tapisserie-verdure, avec plantes grasses au premier plan et encadrée de lambrequins chaudron ; elle est appliquée sur peluche et forme portière. Aubusson, XVIIIe siècle.

Dimensions : Haut., 2 m. 60 cent.; larg., 1 m. 50 cent.

574 — Fragment de tapisserie-verdure, à cours d'eau, constructions et volatiles ; bordure à enroulement de feuillage. Aubusson, XVIIIe siècle.

Dimensions : Haut., 2 m. 30 cent.; larg., 80 cent.

575 — Fragment de tapisserie-verdure, encadrée de peluche et formant portière. Aubusson, XVIIIe siècle.

Dimensions : Haut., 2 mètres ; larg., 1 m. 30 cent.

576 — Bandeau de tapisserie, à franges dentelées, présentant une succession de sujets bibliques. Époque de la Renaissance.

Dimensions : Haut., 40 cent.; larg., 3 m. 50 cent.

577 — Bandeau de tapisserie de la Renaissance.
Dimensions : Haut., 35 cent.; larg., 1 m. 95 cent.

578 — Deux carrés de tapisserie au point, pour sièges.

579 — Lot de morceaux de tapisserie au point, dépareillés. (Sera divisé.)

580 — Tapis de table en satin cerise, à encadrement de lambrequins brodés.

581 — Panneau en broderie chinoise, à fleurs multicolores et oiseaux.

582 — Carré de soie brodée, à personnages sur fond rouge. Travail chinois.

583 — Grand panneau de damas jaune, à broderie de dragons en soie de couleur.

584 — Deux panneaux en ancien voile de Gênes.

585 — Grand bandeau en crêpe brodé.

586 — Fort lot de damas rouge.

587 — Étole en soie brochée, à bouquets et corbeilles de fleurs sur fond crème, et ornements de galons d'or. Époque Louis XV.

588 — Étole en soie brochée à fleurs, présentant à la partie supérieure un agneau pascal brodé en or et argent; ornements de galons d'or. Époque Louis XV.

589 — Dalmatique en soie brochée, à bandes et guirlandes de fleurettes. Époque Louis XVI.

590 — Chasuble en broderie de soie à fond crème; décor de fleurs et rinceaux.

591 — Kimono et jupe en soierie de l'Extrême-Orient.

592 — Kimono, richement brodé de soie de couleurs, à fleurs et insectes sur satin bleu.

593 — Tunique chinoise en soierie brodée, à fond rouge.

594 — Blouse russe en coton rouge brodé.

595 — Casque, bottes, brassard, plastron, etc., composant le costume d'une guerrier mandchou.

596 — Deux gilets en soie brodée. Époque Louis XVI.

597 — Pèlerine de soie rose, brodée à fleurs.

598 — Châle en crêpe de Chine jaune brodé.

599 — Coussins variés.

600 — Panneau de cuir de Cordoue, à fleurs et fruits dorés sur fond rouge.

LIVRES

601 à 630 — Sous ces numéros on vendra, séparément et par lots, environ 2,000 volumes dont : Œuvres de Balzac, 1855, 20 vol. in-8°, fig. — Littré. Dictionnaire, 4 vol. — Œuvres de J.-J. Rousseau, édition Lefèvre. — Œuvres de Walter Scott. — Thiers. Histoire de la Révolution et de l'Empire. — Œuvres de Victor Hugo, édition Lemerre. — Œuvres de Molière, 1710, 8 vol. — Collection Cazin. — Reliures romantiques. — Temple des Muses, 1732, in-fol. — Les Français peints par eux-mêmes, 9 vol. — Ouvrages illustrés, par Gustave Doré. — Tallemant des Réaux. Historiettes, 9 vol. in-8°. — Œuvres de Voltaire. — Le Cabinet des Fées. — Dalloz. Répertoire. — Nombreux ouvrages de jurisprudence. — Ouvrages anciens. — Romans. — Littérature. — Voyages, etc., etc.

631 — Objets omis.